KB209731

신라의 마술 피리

시 읽는 어린이 156

신라의 마술 피리

2024년 11월 20일 1판 1쇄 인쇄 / 2024년 12월 5일 1판 1쇄 발행

지은이 정갑숙 / 펴낸이 임은주
펴낸곳 청개구리 / 출판등록 2003년 10월 1일 제2023-000033호
주소 (12284) 경기도 남양주시 다산지금로 202 (현대테라타워 DIMC) B동 3층 17호
전화 031) 560-9810 / 팩스 031) 560-9811
전자우편 treefrog2003@hanmail.net
네이버블로그 청개구리출판사
인스타그램 treefrog_books

북디자인 서강 / 일러스트 그리횬
출력 우일프린테크 / 인쇄 하정문화사 / 제책 상지사P&B

Magic Flute of Silla
Written by Jung Gapsuk. Illustrations by Grihyon.
Text Copyright ⓒ 2024 Jung Gapsuk. Illustrations Copyright ⓒ 2024 Grihyon.
All rights reserved.
First published in Korea in 2024 by CHEONGGAEGURI Publishing Co.
Printed in Korea.

ISBN 979-11-6252-142-7 (74810)
ISBN 978-89-97335-21-3 (세트)

● KC마크는 공통안전기준에 적합하였음을 의미합니다.
● 이 책은 친환경 재생용지를 사용해 제작하였습니다.

이 책은 부산문화재단 부산문화예술지원사업으로 지원 받았습니다.

시 읽는 어린이 156

신라의 마술 피리

정갑숙 동시집 ● 그리훈 그림

청개구리

시인의 말

　신라는 992년 동안 지속한 세계 역사에서 보기 드문 천년 왕국
이지요.

　천년 왕국 신라는 성덕대왕신종을 비롯하여 첨성대, 다보탑, 석
가탑, 석굴암 등 찬란한 문화유산을 남겼어요. 그것은 우리 민족
뿐만 아니라 세계인이 아끼고 보존해야 할 인류의 문화유산으로
유네스코에 등재되어 있지요.

　이와 같이 자랑스런 문화재도 있지만 후손의 부주의로 사라진 안
타까운 문화유산도 많이 있지요. 대표적으로 신라 황룡사를 들 수 있
는데, 황룡사에는 신라 3대 보물 중 두 가지 보물이 있었어요. 그것
은 황룡사 장육존상과 9층 목탑이지요. 지금 황룡사 터에 가면 텅 빈
절터에 장육존상 대좌와 목탑 주춧돌이 그 증거로 남아 있어요.

　고려 시대 일연 스님이 『삼국유사』를 엮은 계기는 무엇보다 폐허
가 된 황룡사터에서 시작되어요. 고려 때 몽골이 침입하여 황룡사
를 불태우고 잿더미가 되어 버린 현장에서 크게 깨닫고 후세에 우
리 역사를 들려주어야겠다고 결심한 것이지요.

　『삼국유사』 속에는 우리 선조들의 삶이 고스란히 녹아 있어요. 그
리스 신화보다 더 소중한 우리 고대신화를 만날 수 있어요. 신라

박혁거세 신화와 석탈해 신화, 김알지 신화 속에는 신라 역사가 숨어 있어요. 신화 속에 숨은 역사를 찾는 것은 역사학자의 몫이라고만 볼 수 없어요. 신화 속에 숨은 역사와 문화재 속에 숨은 암호를 우리도 탐정이 되어 찾아보면 어떨까요.

첨성대 위 우물 정(井)자 돌은 무슨 암호일까?
성덕대왕신종 속 대나무 소리통과 용고리는 무슨 암호일까?
석굴암 천개석은 왜 세 조각이 났을까?
남산 탑골 바위에 석공은 왜 황룡사 목탑을 새겼을까?
수수께끼를 풀 듯이 우리도 그 해답을 하나씩 찾아보면 어떨까요.

이번 동시집은 『삼국유사』의 현장에서, 그 주인공을 떠올리며 역사적 상상력과 시적 상상력을 펼쳐 본 것이어요. 특히 이번 동시집에는 「신라의 마술 피리」를 비롯하여 각 부에 동요를 담았는데, 그것은 미래의 주역인 우리 친구들이 우리 문화유산을 노래로 부르며 자긍심을 갖고 사랑하길 바라는 마음에서입니다.

경주 남산에서
정갑숙

차례

1부 신라는 신국

6

2부 불을 이긴 돌

5부 경주 남산

신라는 신국

나정과 알영정

신라는 물의 나라
촌락마다 우물 있어

양산 촌락 나정* 우물
알영 촌락 알영정* 우물

신라 첫 임금
나정 우물가에서 오시고

신라 첫 왕비
알영정 우물에서 오시고

우물 맑아 사람 맑고
사람 맑아 세상 맑고.

★나정 : 박혁거세가 나온 알 근처에 있었다는 우물
★알영정 : 알영 왕비 탄생한 우물

오릉과 소나무

오릉은 신라 시조 박혁거세 알영 왕비
남해왕 유리왕 파사왕이 잠든 곳
살아서는 궁궐 금성에서 함께 살고
죽어서도 오릉에 모여 사는 박씨 왕족
그걸 알고 소나무들 오릉을 지켜 주네

두 성인 혼인해 금성에 살던 때는
농사 짓고 누에 치고 길쌈하던 평화시대
들판에 노적가리 쌓아 두고 문 열어 놔도
서라벌은 도둑 없고 전쟁 없는 태평시대
그걸 알고 소나무들 오릉 앞에 절을 하네.

신라 궁궐 터

초승달 닮아 월성이라 부른 신라 궁궐
가을 끝난 들판처럼 터~엉 비어 있네

진평왕의 돌계단*은 어디쯤 있었을까
진평왕의 천사옥대*와 만파식적* 보관하던
신라의 보물창고 천존고는 어디쯤 있었을까

산들바람 산들산들 아이처럼 놀고 있고
배고픈 까치들 모이 찾아 날아들고
조선시대 석빙고* 주인처럼 앉아 있네

주인 없는 신라 궁궐 나그네만 오고 가고
성벽 둘레 고목들만 텅 빈 궁궐 지키네.

★돌계단 : 진평왕이 후세에 전하라고 한 돌계단(『삼국유사』 진평왕조).
★천사옥대 : 천사가 진평왕에게 선물한 옥대(『삼국유사』 진평왕조).
★만파식적 : 만 가지 파도를 잠재우는 피리(『삼국유사』 만파식적조).
★석빙고 : 현재 월성 터에 남아 있는 석빙고는 조선시대 영조 때 것이다.

월성과 석탈해

월성 터 걸으니 석탈해 이야기 떠오른다
월성은 재상 호공의 집이었는데, 석탈해가 빼앗았다지
몰래 숯과 숯돌 묻어 놓고, 대장장이 제 조상 살던 땅이
라며

여기 어디쯤일까, 석탈해 묻은 숯과 숯돌 자리
허허벌판처럼 텅 빈 월성 터 아무리 살펴봐도 알 수 없네

훗날 석탈해 떡 깨물어 잇자국 많은 사람 덕이 많다며
유리에게 왕의 자리 양보했다지

그때 그 거짓말한 것 뉘우쳐서 양보했을까
뉘우침이 더 지혜로운 왕으로 만들었을까
유리이사금 다음 신라 4대 왕이 된 석탈해

—내 뼈를 동악*에 두라
죽은 후 후손 꿈에 나타나 말했다지
훗날 동악신이 되었다는 석탈해

지금도 토함산 신으로 살고 계실까.
불국사 석굴암 지키며.

★동악 : 토함산

미추왕릉과 후투티새

미추왕은 김알지 7대 후손으로
최초의 김씨 왕이었지

미추왕릉 앞 혼유석 돌의자 있다
미추왕 혼령은 혼유석 돌의자에 앉아
참배객 맞이하시나 보다

―어서 오너라, 우리 후손 왔구나!
고개 숙여 참배하는 내 머리 쓰다듬으며
미추왕 혼령이 반겨 주시는 것 같다

참배 후 왕릉 주위 둘러보니
머리에 왕관 쓴 후투티새* 한 마리
담장 안 왕벚나무 아래 가만히 앉아 있다

댓잎 군사 보내 사로국 구한 미추왕* 혼령
우리들 전송하러 나오신 걸까

경주 김씨 후손 찾아주어 고맙다고.

★후투티새 : 머리에 화려한 댕기가 있고 날개와 꼬리에는 검은색과 흰색의 줄무늬가
  있다.
★이서국이 사로국을 침략하자, 미추왕이 귀에 댓잎 꽂은 군사들을 보내 사로국을 도
  와 승리로 이끌었다고 『삼국유사』에 전한다.

신라의 숲 계림

처음엔 '시림'이라 불렀다지
흰 닭 울음소리 들리고
금궤에서 김씨왕 시조 김알지 나와
그후 '계림'이라 불렀다지

산수유 단풍나무 감나무 뽕나무 갯버들 수양버들 왕버들
느티나무 회화나무 팽나무 배롱나무 소나무

꽃이 고운 나무
잎이 고운 나무
열매가 아름다운 나무 골고루 살고 있다

이제 갓 숲에 온 아기 산뽕나무
천 년 동안 산 노인 회화나무
젊은 나무 늙은 나무 골고루 살고 있다

봄에 노란 꽃 왕관 같은 산수유
여름에 분홍 꽃 원화 같은 배롱나무
사계절 푸른 잎 화랑 같은 소나무

신라 왕국 신라 백성처럼 다양한 나무들
숲을 이룬 신라의 숲 걸어가니
타임머신 타고 훌쩍 날아가는 것 같다
흰 닭 울던 그 옛날 계림국으로.

신라는 신국

1.

신라는 신국
신령스러운 이야기 많다

알영정 우물에서
박혁거세 왕비 나오고

서출지 연못에서
신령님 편지 들고 나오고

신원사 북쪽 시냇물에서
귀신들 하룻밤에 다리 놓고.[*]

2.
신라는 신국
신령스러운 이야기 많다

백제 장인 아비지
황룡사 목탑 기둥 세우지 못할 때
신이 내려와 목탑 기둥 세워 주고

신라 재상 김대성이
석굴암 천개석 올리지 못할 때
신이 내려와 천개석 올려 주고.

★『삼국유사』에 의하면 귀신들이 놓은 다리를 귀교라 불렀다고 한다.

신라는 신국 2

문무왕 지팡이
기장 장안리에
느티나무로 살고

최치원 지팡이
하동 범왕리에
푸조나무로 살고

마의태자 지팡이
양평 용문사에
은행나무로 살고

신국의 지팡이
전국에 살고 있다
나무로 천 년을.

돌 위에 핀 꽃

통일신라 사람들
연꽃 새겨 놓았다
월지 입수구 바닥 돌 위에

진흙 속에 살아도
진흙에 물들지 않는
연꽃 같은 사람들

그 마음 새겨 놓았다
그 마음으로 살자고
돌 위에 연꽃 새겨 놓았다
통일신라 사람들
연꽃 같은 그 마음
천 년 시들지 않는다.

첨성대 우물과 재매정

첨성대 맨 위 우물 정(井) 자 돌 있다
신라는 물의 나라 우물은 신이 깃든 곳
선덕여왕은 첨성대 우물에서 천신과 소통했을까

북극신 칠성신 하늘 33천신께 나라 운 빌며
그러다가 훗날 하늘 도리천*으로 돌아갔을까.

재매정* 우물 위에 우물 정(井)자 돌 있다
신라는 물의 나라 우물은 신이 깃든 곳
김유신 장군은 재매정에서 천신과 소통했을까

북극신 칠성신 33천신께 삼국통일 국운 빌며
그러다가 훗날 김유신은 33 천신 되었을까.

★도리천 : 33천이며, 6욕천 가운데 4번째로 수미산의 정상에 위치한 이상세계.
★재매정 : 김유신 장군집 우물

26

신라는 인동초*

신라는 내물왕 때
왜의 공격으로
고구려에 구원 청한 추운 겨울*

선덕여왕 때
황룡사 목탑 첨성대 분황사 지어
외적 공격 그 추위 견뎌내고

문무왕 때
삼국통일로 새봄 맞아
월지로 궁궐 문화 꽃 피우고

경덕왕 때
성덕대왕신종 불국사 석굴암으로
찬란한 불교 문화 꽃 피우고

추운 겨울 이겨내고
찬란한 문화의 봄 맞은
신라는 인동초.

★인동초 : 인동과에 속한 덩굴성 식물로 고난을 이긴 인물을 상징하기도 한다.
★내물왕 때 왜국의 침입으로 국운이 위태로워지자, 고구려 광개토대왕이 5만 군사로
  신라를 구원한다.

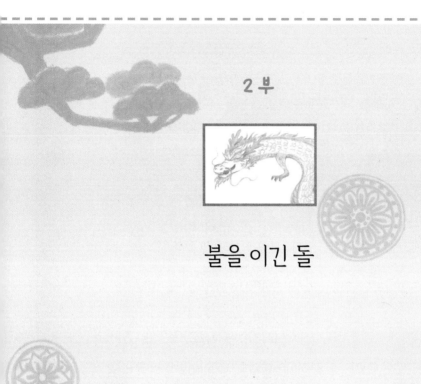

2부

불을 이긴 돌

신라는 용의 나라

신라는 용의 나라
사찰에 용이 산다

황룡사 늪에 황룡
통도사 구룡지에 구룡
부석사 석등 아래 석룡
분황사 우물에 호국용

신라는 용의 나라
동해에 용이 산다

대왕암에 문무대왕 용
검은 옥대 만파식적* 전한 용
용궁에 수로부인 납치 용

신라는 용의 나라
궁궐에 용이 산다

금성의 용 월성의 용
박혁거세부터 경순왕까지
궁궐에 걸어다니는 56 용

곳곳에 다양한 용
신라는 용의 나라.

★만파식적 : 신문왕 때 검은 옥대로 만든 신비한 피리.

진흥왕 발자국

창녕읍에
진흥왕 발자국 있다

빛벌가야 두루 돌며
목마산성 기슭에 세운 큰 돌비

─후세에 널리 알려라,
　　우리 신라 강한 힘!

진흥왕 그 마음 그대로 안고 있다
목마산성 돌말뚝.*

★창녕읍 만옥정 공원 안에 있는 진흥왕 척경비.

황룡사 목탑 1

황룡사 목탑 속엔
간절한 꿈이 담겨 있다

통일 꿈꾸던
신라 선덕여왕 간절한 꿈

평화 꿈꾸던
백제 아비지 간절한 꿈

신라 선덕여왕은 백제 아비지 손잡고
백제 아비지는 신라 선덕여왕 손잡고

부처 마음으로 심초석 세우며
높은 꿈 황룡사에 심었다

무너지지 않는 단단한 꿈
깊게 깊게.

황룡사 목탑 2

황룡사 목탑은
신라 백제 통일의 탑

백제 장인 아비지가
신라 사찰 황룡사에 평화의 탑을 세웠다

신라 백제 치열하게 전쟁하던 때
백제 장인 아비지는 전쟁하는 대신
적국 황룡사에 평화의 탑 세워서 신라 백제 통일했다

김유신 장군 삼국통일보다 더 먼저
신라 백제 이국 통일.

통도사 구룡지

통도사 구룡지에 눈 먼 용이 살았다네[*]
아직도 살고 있나 연못 안을 살펴보니
용은 없고 연꽃 아래 잉어 가족 살고 있네
지느러미 살랑살랑 신나게 춤추면서

구룡지에 천 년 살던 눈 먼 용은 어디 갔나
혼자 노니 심심해서 친구 찾아 놀러 갔나
좁은 집이 답답해서 넓은 바다 여행 갔나
주인 없는 빈집에서 잉어 가족 신이났네.

★삼국유사에 의하면 자장율사의 신통력으로 구룡지 아홉 용을 내쫓았는데 세 마리
는 통도사 앞 용혈암에, 다섯 마리는 오룡동에 그 흔적이 지금도 남아 있고, 나머지
눈 먼 용 한 마리는 통도사 터를 지키게 구룡지에 살게 했다 한다.

황룡사 증인

황룡사는 죽었어도
황룡사 주춧돌은 살아 있다
그 자리 그대로

황룡사 중금당은 죽었어도
장육존상* 대좌는 살아 있다
그 자리 그대로

황룡사 목탑은 죽었어도
목탑 심초석은 살아 있다
그 자리 그대로

천사백 년 그 자리 지키며
신라 황룡사 증언하고 있다.

★장육존상 : 인도 아육왕이 만들지 못한 장육존상을 신라에서 만들었다는데 신라 3
대 국보 중 하나다.

돌의 상처

700여 년 전 화상 입은 자국*
군데군데 거뭇거뭇 흉터로 남아 있다

금이 간 어깨엔 아물지 않은 상처 선명하고
움푹 들어간 눈엔 눈물도 고여 있다

700여 년 엎드려 있는 황룡사 주춧돌
밤마다 달빛 손으로 하늘이 어루만져 줘도
아직도 다 아물지 않아 돌의 상처 깊다.

★고려 고종 25년(1238년) 몽골 침략으로 황룡사가 불에 탔다.

불을 이긴 돌

황룡사 중금당 대좌
몽골이 지른 불*을 이겼다

황룡사 동서 금당 주춧돌
몽골이 지른 불을 이겼다

황룡사 목탑 주춧돌
몽골이 지른 불을 이겼다

분황사 모전석탑
왜국이 지른 불**을 이겼다.

불을 이긴
힘센 돌.

★고려 고종 25년(1238년) 몽골 침입으로 황룡사가 불탔다.
★★임진왜란

그림 속 소나무

황룡사 서금당 터에
주춧돌 남아 있다

황룡사 서금당 벽에
솔거 노송도 있었다지

그림 속 늙은 소나무 보고
까마귀 솔개 제비 참새 날아들다
부딪혀 아래로 떨어졌다지

그날 붓을 들고
늙은 소나무 그리며
혼을 불어넣던 솔거의 모습

저 하늘 해님은 보았을까
저 허공 구름은 보았을까

황룡사 죽고
서금당 죽어도
솔거는 살아 있네

죽지 않고
천 년을 살아 있네
우리들 마음 안에.

황룡사 대종 수수께끼

황룡사 종루* 터에
종루 주춧돌 남아 있다

성덕대왕신종 4배 크기
신라에서 제일 큰 범종
황룡사 대종은 어디로 갔을까?

몽골이 끌고 가다
대종천에 빠뜨렸을까?

몽골이 지른 불에
온몸 이글이글 녹아 버렸을까

일본이 끌고 가다
동해에 빠뜨렸을까

아무도 풀지 못하는
황룡사 대종 수수께끼.

★종루 : 종이 걸려 있는 누각

3부

신라의 마술 피리

바다를 건넌 사람

김춘추는
거친 파도 이기고
죽음의 바다 건넌 사람

고구려 연개소문의 감옥*에서
죽음의 파도 철썩 철썩 밀려들 때
친구 선도해가 토끼와 거북 이야기로
목숨 덮치는 파도 피하는 길 알려 주고

당나라에서 돌아오는 길 소용돌이 치는 파도
고구려 병사 칼 들고 철썩 목숨 덮치려 할 때
부하 온군해 김춘추 옷 바꿔 입고 대신 죽어
목숨 덮치는 파도 막아 주고

그동안 성골*에서만 신라 왕이 되었는데
처음으로 진골*에서 신라 왕이 되어
불가능을 가능으로 바꾼 분
신라 태종무열왕.

★백제의 대야성 공격(642년)으로 사위와 딸 고타소가 죽는 피해를 입자, 고구려에 도
  움을 구하러 갔을 때의 일.
★성골 : 왕족으로 최고 신분.
★진골 : 성골 다음 신분.

정다운 월지

월지는
통일신라가 낳은
인공 연못

월지 섬의 석축
장군총 돌
고구려 솜씨

월지
돌수조에 새긴 연꽃
백제 솜씨

월지에
고구려 백제 신라
정답게 살고 있다.

월지의 비밀

통일신라 인공 연못
월지는 바다 같다

문무왕은 왜
연못을 바다처럼 만들었을까?

금관가야 대가야는 강물
신라는 바다

금관가야 강물 신라 바다로 흘러오고
대가야 강물 신라 바다로 흘러오고

백제와 고구려는 강물
통일신라는 바다

백제 강물 신라 바다로 흘러오고
고구려 강물 신라 바다로 흘러오고

강물이 바다로 합류하듯이
삼국이 통일신라로 합류한다

삼국은 강물
통일신라는 바다

강물이 바다로 흘러들듯이
삼국이 통일신라로 흘러든다

그래서
문무대왕은 월지를
바다처럼 만들었을까.

바다가 된 사람

월지 속에 녹아 있다
바다같이 깊고 깊은
문무대왕 그 마음

고구려 백제 신라
삼국은 이제 하나

우리 통일신라 힘찬 기운
동해 바다로 뻗어 가자

삼국은 작은 연못
우리 통일신라는 큰 바다

세계 바다로 뻗어 가자
우리 통일신라 힘찬 기운

통일신라 월지 보며
문무대왕 마음 본다

동해같이
넓고 깊은 그 마음.

달못에서 나온 달

월지는
통일신라 달못

달못에서 나온 달
금동가위 봐!

열면 반달
닫으면 보름달

초심지 자르는 가위에도
달이 떠 있다

신라 왕국 사람들
달과 함께 살았나 보다.

58

신라 속 가야

신라 속에
가야가 산다

신라 장군 김무력 속에
금관가야 살고

신라 악사 우륵 속에
대가야 살고.

신라 속에
가야가 산다

신라 장군 김유신 속에
금관가야 살고

신라 문장가 강수 속에
대가야 살고.

하늘신 된 사람

금관가야 김수로왕 후손
김유신은 신이 돕는 사람

단석산에서 무술 연마할 때
신에게 검을 선물 받아*
신의 기운으로 무술 실력 쌓고

백석과 고구려로 가는 길
세 산신** 나타나 생명 구해 주고

석탈해와 신통술 겨누어 이긴 김수로왕
그 후손이라 신의 기운 받았을까

삼국통일 대업 이루고
훗날 죽어 33 천신*** 되었다는
신라 장군 김유신.

★『삼국유사』에 김유신이 단석산 신에게 검을 받고 신검으로 돌을 잘랐다고 전한다.
★★『삼국유사』에 백석이 화랑으로 위장하여 김유신을 고구려로 유인할 때 나림 · 헬
례 · 골화 세 산신이 나타나 도왔다고 기록되어 있다.
★★★『삼국유사』만파식적조에 김유신이 33천신이 되었다 전한다.

통일신라 마음

통일신라 마음은
연꽃같이 말갛다

월지 입수구 돌수조*에
새겨 놓은 연꽃 봐!

맑은 그 마음 천 년을 시들지 않고
월지 돌수조에 아직도 피어 있다.

통일신라 마음은
달같이 환하다

전쟁 무기 녹여 녹여
성덕대왕신종 만든 것 봐!

환한 그 마음 천 년을 죽지 않고
성덕대왕신종* 안에 아직도 살아 있다.

★돌수조 : 돌로 만든 수조.
★성덕대왕신종 : 신라 33대 왕인 성덕대왕을 기려 만든 종. 봉덕사에 걸려 있어 봉덕
  사종이라고도 부른다.

신라의 마술 피리

1.

성덕대왕신종 소리
눈을 감고 들어 보라

하늘의 신 김유신 바다의 신 문무대왕
삼국통일 이룬 두 분 마음 통일 이뤄 준다

우리들의 마음 파도 마법처럼 잠재우며
하늘 바다 힘을 모아 만파식적 연주한다.

2.
성덕대왕신종은
신비로운 마술 피리

향로를 든 천녀가 하늘에서 내려오고
여의주 문 해룡이 바다에서 올라오고
신종 소리 울려오는 서라벌은 부처 나라

신종 소리 닿는 곳곳
신비로운 평화 고을.

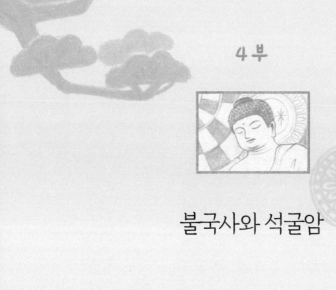

4부

불국사와 석굴암

불국사에

1.

불국사에
삼세불 산다

과거불 다보여래 다보탑에 살고
현재불 석가모니불 대웅전에 살고
미래불 아미타불 극락전에 살고

삼세불 함께 사는
불국사는 부처나라.

2.

불국사에
삼국이 산다

불국사 석축에 장군총 돌 고구려 살고
불국사 석탑에 아사달 아사녀 백제 살고
불국사 석축에 자연돌 인공돌 신라 살고

삼국이 어깨동무
불국사는 평화나라.

신라 재상 김대성

1.
전생은 모량리에서 머슴 살며
부처님께 밭을 시주하고

현생은 서라벌에서 재상하며
불국사 석굴암 짓고

내생은 어디서 무엇하며 살까
극락전 아미타불님 아시겠지.

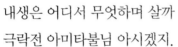

2.
김대성은 어머니가 두 분
모량리 전생 어머니, 서라벌 현생 어머니

불국사는 현생 어머니께 선물하고
석굴암은 전생 어머니께 선물하고

부처님께 전재산 밭을 시주하여
또 한 생 살았으니 만 배를 얻었네.

김대성 어머니

통일신라 불국사는 땅에 세운 부처나라
김대성의 현생 어머니 정말로 기뻤겠다
부처 나라 불국사를 아들에게 선물받아
김대성의 현생 어머니 정말로 좋았겠다
재상 아들 부처나라 불국사를 세웠으니.

통일신라 석굴암은 돌로 만든 부처나라
김대성의 전생 어머니 정말로 기뻤겠다
돌로 만든 부처나라 아들에게 선물받아
김대성의 전생 어머니 정말로 좋았겠다
죽은 아들 죽지 않고 다시 와서 선물 주니.

돌의 어깨동무

불국사 석축 좀 봐!
자연돌 다듬은 돌
어깨동무 정답다

자연돌 다듬은 돌
서로서로 뭉친 마음
아주아주 단단해

지진에도 흔들리지 않고
폭풍에도 쓰러지지 않고

돌의 어깨동무
1200년 가고 있다.

불국사 석조

토함산 아래 불국사 석조
신라 백제 솜씨 합해졌을까

직사각형 석조는 신라 솜씨
둥근 네 귀퉁이는 백제 솜씨

아버지 어머니 만나 내가 태어났듯이
직사각형 둥근 네 귀퉁이 불국사 석조
아버지 어머니는 백제와 신라일까.

다듬은 돌

화강암 거친 돌 다듬어
'불국사 석가탑' 새 이름 얻어
나라의 보물 되고

화강암 거친 돌 다듬어
'불국사 다보탑' 새 이름 얻어
나라의 보물 되고

화강암 거친 돌 다듬어
'석굴암 본존불' 새 이름 얻어
인류의 보물 되고.

석굴암 천개석 암호

고구려 백제 신라
세 나라 하나 되었다고

석굴암 지붕에
하나의 천개석* 올렸다

석굴암 지붕 연화문 천개석에
세 조각 암호 새기며

세 나라 하나
다시는 세 조각 나뉘지 말자고

이제 삼국은 하나로
천 년 만 년 살자고.

★천개석 : 천정 덮개돌

석굴암 속 우주

석굴암 속에
삼국이 들어 있다

신라 석공 백제 유민 고구려 유민
땀방울 함께 녹아 있다

석굴암 속에
동양 서양 들어 있다

인도 석가모니 본존불
로마 돔 천장

석굴암 속에
세계가 들어 있다

지붕 덮개돌은 태양
본존불 광배 돌은 달
28 쐐기돌은 28 별자리

석굴암 속에
온 우주 들어 있다.

석굴암 본존불 미소

석공과 부처는 얼마나
많은 숨바꼭질을 했을까

화강암 단단한 돌 속에 숨은 부처
석공은 어떻게 찾았을까

부처는 어쩌다 들켰을까
숨바꼭질 석공 술래에게

석공과 부처는 얼마나 오래
숨바꼭질했을까

술래가 된 석공은
얼마나 오래 부처를 찾았을까

돌 속에 숨은 부처는
얼마나 오래 기다렸을까

80

부처는 숨고 석공은 찾고
꼭꼭 숨고 꼭꼭 찾고

돌 속에 꼭꼭 숨은 본존불
오래도록 자신을 찾는 석공 보고
미소 지으며 슬며시 나오셨을까.

다보탑 암호

신라 사람들 믿었다
땅은 네모 하늘은 동그라미

네모 마음 다듬으면
동그라미 하늘 마음

신라 사람들 믿었다
중생은 네모 부처는 동그라미

중생 마음 다듬으면
동그라미 부처 마음.

5부

경주 남산

나정과 포석정

서남산 나정 터에
신궁* 없어지고
주춧돌만 남았다

서남산 포석정 터에
포석사* 없어지고
돌고랑만 남았다

나정 주춧돌과 포석정 돌고랑이
신라 역사를 증언한다
최후의 증인 되어.

★신궁 : 『삼국사기』에 의하면 나정에 있는 팔각 신궁에서 신라의 왕들이 제를 지냈다
고 한다.
★포석사 : 『삼국유사』에 의하면 포석정에는 포석사가 있어 남산 신에게 제를 지냈다
고 한다.

나정 주춧돌과 포석정 돌고랑

1.

나정 주춧돌에 신라의 봄이 들어 있다
나라 밝게 다스린 어진 임금 박혁거세
백성 마음 편안케 한 어진 정치 따뜻한 봄

그 생각으로 나정 주춧돌 바라보니
내 마음도 함께 따뜻해진다.

2.

포석정 돌고랑에 신라의 겨울 들어 있다
경애왕이 견훤에게 죽임 당한 추운 겨울
찬서리 눈보라 몰아치는 그 매서운 겨울

그 생각으로 포석정 돌고랑 바라보니
내 마음도 함께 추워진다.

제비꽃과 감실 할매부처

경주 동남산 불곡
감실 할매부처* 찾아가는 길
흰 제비꽃이 피어 있다

우리 오는 것 미리 알고
감실 할매부처 마중나오셨나
흰 제비꽃으로

감실 할매부처 계신 코끼리 바위 옆에
분홍 제비꽃이 웃고 있다
처음 보는 우릴 반기며

우리보다 더 먼저 감실 할매부처 찾은
신라인의 미소 같다.

★감실 할매부처 : 정식 이름은 '경주 남산 불곡마애여래좌상'인데 별명이 감실할매부
처다.

감실 할매부처와 만파식적

감실 할매부처 무릎 아래
대나무로 만든 피리 하나 있다

누가 두고 갔을까
월명사 혼령이 달밤에 불다 두고 갔을까

신라 월명사 피리 잘 불어 그 소리에 반해
달님이 운행 멈췄다지

혹 저 피리가 만파식적일까
불면 소원 들어주는 신라의 마술 피리

가만히 눈감고 소원 빌며
마음으로 피리를 불어 본다

타임머신 타고
그 옛날 서라벌로 돌아간다

서라벌 달밤

월명사 피리 소리 서라벌 거리 적시고

달님은 운행 멈추고

월명사 피리 소리 듣고 있다.

바위 속 황룡사

경주 남산
탑골 큰 바위에
황룡사 목탑이 살아 있다

황룡사 목탑은
몽골이 지른 불에
타 죽은 줄 알았는데

신라 석공이
탑골 큰 바위에
황룡사 목탑을 살려 놓았다

탑골 큰 바위에
신라가 살아 있다.

신라 석공 1

남산 용장사 3층 석탑 좀 봐!
자연 바위가 탑의 기단*이다

남산 용장사 삼륜대좌불 좀 봐!
자연 바위가 탑의 기단이다

남산 상선암마애대좌불 좀 봐!
불상 얼굴만 새겼어
자연 바위 그대로 두고

신라 석공은 자연과 친해
자연 재활용 참 잘한다.

★기단 : 탑의 맨 아래층에서 탑을 지지해 준다.

신라 석공 2

남산 바위는
마음 비추는 거울 같다

냉골 상선암 바위 부처
약수골 바위 부처
용장골 바위 부처
미륵골 바위 부처

남산 골짝골짝
석공이 찾아놓은 바위 부처
석공의 마음 같다

부처 눈엔 부처만 보여
신라 석공은 부처였나 보다.

신라 석공 3

얼마나 마음 밝아야
바위 안 부처 찾을까

파란 하늘처럼 구름 없이 마음 환해야
바위 안 부처 보일까

얼마나 마음 맑아야
바위 안 부처 찾을까

샘물처럼 티 없이 마음 맑아야
바위 안 부처 보일까

캄캄한 바위 안 부처 찾은 신라 석공
그가 바로 부처였을까.

경주 남산 1

경주 남산은
품 깊은 어머니

냉골 상선암마애대좌불* 품어 주고
용장골 삼륜대좌불*과 삼층석탑* 품어 주고
삼릉 경애왕릉 박씨 왕릉 품어 주고

경주 남산은
품 넓은 어머니

탑골 마애조상군 불곡석불좌상 품어 주고
칠불암사방불 신선암마애보살 품어 주고
헌강왕 정강왕 김씨 왕릉 품어 주고.

★상선암마애대좌불 : 서남산 상선암 근방에 있는 마애대불. 남산에서 두 번째로 큰
불상이다.
★삼륜대좌불 : 『삼국유사』에 의하면 용장사 삼륜대좌불은 태현스님 따라 고개 돌린
미륵불이라 한다
★삼층석탑 : 용장골 용장사 3층 석탑은 자연석을 기단으로 삼고 있다.

경주 남산 2

신화가 숨쉬고 역사가 숨쉬는 곳
천년 왕국 신라 나정에서 포석정까지
품속에 나라 보물 고이고이 간직한 산
오솔길 길목마다 민족의 혼 꿈틀꿈틀
아-남산 아-남산 우리 민족의 고향.

골짝마다 신국 신라의 숨결 흐르는 곳
천년 신국 나정 신궁에서 포석사까지
품속에 세계 보물 깊이깊이 간직한 산
오솔길 길목마다 인류의 혼 꿈틀꿈틀
아-남산 아- 남산 세계 인류의 고향.

재미있는
동시 이야기

정갑숙 시인의 특별한 신라 사랑법

이정석 (동시인, 아동문학평론가)

1. 정갑숙의 제8동시집

정갑숙 시인은 『아동문예』 신인상(1998)을 받고, 『동아일보』 신춘문예(1999) 동시 부문에 당선하여 문단 활동을 시작하였다. 이번 동시집 『신라의 마술 피리』는 정갑숙 시인의 여덟 번째 동시집이다. 그동안 출간한 동시집으로 『나무와 새』(2001), 『하늘 다락방』(2004), 『개미의 휴가』(2007), 『말하는 돌』(2013), 『금관의 수수께끼』(2015), 『한솥밥』(2018), 『꿀벌의 수수께끼』(2022) 등 7권과, 그리고 동시선집인 『정갑숙 동시선집』(2015) 1권을 포함하면 『신라의 마술 피리』는 실질적으로 아홉 번째 동시집이라고 할 수 있다.

정갑숙 시인의 동시집들을 자세히 읽어 보면 그가 우리나라 역사 특히 신라의 역사나 신라의 문화유산, 신라 도읍지 경주에 대하여 뜨거운 사랑과 깊은 관심을 가지고 있음을 확인할 수 있다. 경주 곳곳에 산재된 신라의 유적지와 문화재, 다른 지역 문화재 등을 다룬 작품들이 제4동시집『말하는 돌』에 10편, 제5동시집『금관의 수수께끼』에 50편, 제6동시집『한솥밥』에 12편 등이 각각 실려 있다. 이번 제8동시집『신라의 마술 피리』에도 앞의 작품들을 보충하면서 위대한 신라 인물들을 추가한 신라 관련 동시가 총 50편 실렸다. 그 중에서 제5동시집과 이번 제8동시집은 온통 신라에 관련된 동시들로 가득 채워져 있다. 박두순 시인은 제5동시집의 해설을 쓰면서 "제5동시집은 최초의 문화재 동시집이며, 시로 읽는 문화재 해설서"라고 그 가치를 높이 평가하였다.

그런데 정갑숙 시인은 왜 이렇게 동시집 안에 신라 동시들로 한가득 담았을까. 그는 제5동시집 서문 '시인의 말' 속에 "석굴암과 성덕대왕신종 등 찬란한 문화유산은 우리 민족에게 자긍심을 안겨 주었지만, 문화재의 수난은 지키지 못한 후손들에게 부끄러움을 안겨 주었어요. 특히 일제강점기 때 기관차 차고 짓는데 흙을 충당하기 위하여 파헤친 왕릉 서봉총 앞에서는 슬픔이 밀려왔어요. 조상의 숨결을 끊어놓는 치욕 앞에 저항하지 않는 후손이 부끄러웠어요."라고 고백하고 있는데, 이 글 속에 신라 문화재를 동시로 쓰게 된 동기가 들어 있다. 그는 한편으론 위대한 신라 문화재에 대한 자긍심, 한편으론 문화재 수난을 막지 못한 부끄러움 때문이라고 외치고 있다.

인터넷 백과사전『나무위키』'신라' 편에서 신라를 다음과 같이 기술하고 있다.

신라(新羅)는 한국사를 통틀어 가장 오랜 시간 동안 존속하여 천년왕국이라는 별명과 함께 화려한 황금 문화로도 알려져 있어 황금의 나라라고

도 불린다. (중략) 나당전쟁에서 당나라의 침략을 막아내고 완전한 통일을 이룬 뒤로는 강력한 군사력과 해군력을 바탕으로 동아시아의 강국이자 부국으로 거듭나 청해진 등을 통해 남해와 동중국해 일대의 해상권을 장악했으며, 불교의 급속한 발전에 힘입어 당대 아시아에서 중국과 더불어 가장 화려한 불교문화를 꽃피운 바 있다. 옛날 신라의 경제적 풍요로움과 문화적 번성함은 멀리 서역까지 알려져 아랍인과 페르시아인들 사이에서도 이상향으로 인식되었다.

신라는 천년 왕국, 황금 문화를 가진 황금의 나라, 군사력과 해군력을 바탕으로 한 동아시아의 강국이자 부국, 불교문화를 화려하게 꽃피운 나라, 아랍인과 페르시아인들 사이에 유토피아 즉 이상향 국가로 인식되었다는 것이다. 정갑숙 시인도 "천 년 뒤 지금도 살고 싶어 하는 나라! 머물고 싶어 하는 도시 서라벌!"이라고 대단한 자긍심을 보이고 있다. 그만의 특별한 신라 사랑법이다.

필자는 이 글을 쓰면서 정갑숙 시인이 메모해 둔 『신라의 마술피리』의 구성과 의도'를 읽어본 적이 있다. 그의 일부를 옮기면 다음과 같다.

작은 나라 신라가 삼국을 통일하는 숨은 저력을 동시에 담았습니다. 이는 미래의 주역인 우리 어린이들에게 현재의 어떤 어려움이 있어도 잘 극복하여 미래의 꿈을 이루기를 바라며 그 희망을 안겨 주고 싶었습니다. (중략) 평화를 염원하는 선덕여왕 마음과 백제 장인 아비지의 마음에 감동하며 예나 지금이나 전쟁 시대에도 평화를 꿈꾸는 사람들이 있다는 것을 알리고 싶었습니다.

이번 제8동시집은 인용 글 속의 어린이들에게 희망주기 등을 포함하여 앞 제5동시집에서 한 걸음 더 앞으로 나아가 새로운 방식을 시도하고 있다. 바로 신라와의 끊임없는 역사 소통하기, 신라 역사를 '마음'으로 풀어 보기, 삼국통일의 깊은 의미 파악하기 등 세 가지인데 다음 장에서 동시집 『신라의 마술 피리』에 담겨 있는 정갑숙 시인의 끝없는 신라 사랑법을 살펴보고자 한다.

2. 신라와의 끊임없는 역사 소통하기

동시집 『신라의 마술 피리』에서는 현재 경주에 남아 있는 수많은 문화재는 신라 시대에 이미 생명을 다해 껍데기만 남은 죽은 유물이 아니라는 것에서부터 출발하고 있다. 과거인 신라와 현재가 끊임없이 대화하고 소통하면서 교류하고 있다는 것이다. 다시 말하면 신라 문화유물들은 지금도 펄펄 살아 숨쉬고 있는 따뜻한 생명체라는 것이며, 살아있는 역사적인 증거이며 증인이라는 것이다.

그러면서 정갑숙 시인의 눈길은 항상 현대를 살아가는 우리 어린이들에게 있다는 사실을 기억해야 한다. 앞의 인용 글에서 미래의 주역인 우리 어린이들에게 신라의 문화유적 이야기를 들려주면서 "현재의 어떤 어려움이 있어도 잘 극복하여 미래의 꿈을 이루기를 바라며 그 희망을 안겨 주고 싶었다"고 힘주어 말하고 있기 때문이다. 이와 관련된 작품으로는 「신라의 숲 계림」, 「미추왕릉과 후투티새」, 「돌의 상처」, 「제비꽃과 감실 할매부처」, 「돌의 어깨동무」, 「신라는 신국 2」, 「황룡사 증인」 등이 있다.

산수유 단풍나무 감나무 뽕나무 갯버들 수양버들 왕버들
느티나무 회화나무 팽나무 배롱나무 소나무

꽃이 고운 나무
잎이 고운 나무
열매가 아름다운 나무 골고루 살고 있다

이제 갓 숲에 온 아기 산뽕나무
천 년 동안 산 노인 회화나무
젊은 나무 늙은 나무 골고루 살고 있다

봄에 노란 꽃 왕관 같은 산수유
여름에 분홍 꽃 원화 같은 배롱나무
사계절 푸른 잎 화랑 같은 소나무

신라 왕국 신라 백성처럼 다양한 나무들
숲을 이룬 신라의 숲 걸어가니
타임머신 타고 훌쩍 날아가는 것 같다
흰 닭 울던 그 옛날 계림국으로.

—「신라의 숲 계림」 2연 이하

「신라의 숲 계림」에서는 현재 경주 계림의 숲에 자라고 있는 나무들은 신라 때 계림 숲에 자라던 나무들과 동일하며, 신라와 현대는 연결되어 있어서 끊임없이 소통과 대화를 하고 있는 생명체라고 노래하고 있다.

　지금도 계림 숲에 가면 느티나무, 회화나무, 팽나무, 소나무 등의 교목들이 무성하게 자라고 있는 것을 볼 수 있다. 이런 나무들은 천 년 전부터 그 자리에 그대로 서 있는 나무들이고, "이제 갓 숲에 온 아기 산뽕나무/천 년 동안 산 회화나무"가 골고루 살고 있는 곳이 계림 숲이라는 것이다. 할아버지에서 손자로 세세손손 대대로 이어지는 것처럼 신라의 회화나무도 천 년을 살아 현대에도 그 위대한 생명을 이어간다. 그래서 지금 봄에 노랗게 피는 산수유 꽃은 신라의 '왕관'이고, 여름의 분홍빛 배롱나무 꽃은 신라의 '원화'이며, 사계절 푸른 소나무는 신라의 '화랑'인 것이다. 현재 계림 숲은 결국 신라의 숲이고, '신라 백성' 같은 숲이라는 것이다. 시인은 '타임머신 타고 훌쩍 날아가는 것 같다'고 고백하고 있다.

　　문무왕 지팡이
　　기장 장안리에
　　느티나무로 살고

　　최치원 지팡이
　　하동 범왕리에
　　푸조나무로 살고

　　마의태자 지팡이
　　양평 용문사에
　　은행나무로 살고

신국의 지팡이

전국에 살고 있다

나무로 천 년을.

—「신라는 신국 2」 전문

「신라는 신국 2」은 앞의 「신라의 숲 계림」과 비슷한 나무 이야기
이지만 현재 전국에 살아 있는 보호수, 천연기념물 등 신라와 관련
된 대표적인 노거수들이 등장하고 있다. 장안리 느티나무, 범왕리
푸조나무, 용문사 은행나무 등은 1200년 전 신라 때에도 무성하게
성장한 나무인 동시에 현대 우리와 함께 살아 숨쉬고 있는 현재의
생명체임을 보여주면서 과거와 현재가 끊임없이 대화하고 소통하
면서 교류하고 있다는 증거라는 것이다.

'문무왕 지팡이'인 장안리 느티나무는 원효대사가 장안사를 창건
할 당시 문무왕이 그 근처를 지나다 심었다는 전설이 서려 있고,
'최치원 지팡이'인 하동 범왕리 푸조나무는 신라 말기 최치원이 신
흥사에 머물 때 꽂아 둔 지팡이에서 싹이 나와 자랐다는 전설과 관
련 있으며, '마의태자 지팡이'인 용문사 은행나무는 신라 마지막 경
순왕의 아들인 마의태자가 나라를 잃은 설움을 안고 금강산으로
가다가 심었다는 전설이 숨겨져 있다. 이 노거수들은 '신국의 지팡
이'로 천 년을 살면서 신라에 대한 역사나 문화에 대한 이야기를 우
리와 끊임없이 나누고 있다는 것이다. 정갑숙 시인만이 전개할 수
있는 독창적이고 대담한 작품이다.

황룡사는 죽었어도
황룡사 주춧돌은 살아 있다
그 자리 그대로

황룡사 중금당은 죽었어도
장육존상 대좌는 살아 있다
그 자리 그대로

황룡사 목탑은 죽었어도
목탑 심초석은 살아 있다
그 자리 그대로

천사백 년 그 자리 지키며
신라 황룡사 증언하고 있다.

—「황룡사 증인」 전문

「황룡사 증인」은 현재 경주 황룡사 터에 쓸쓸히 남아 있는 황룡
사 주춧돌과 장육존상 대좌와 목탑 삼초석에 대한 시인의 색다른
새로운 접근법이며 사랑법이다.

'~은 죽었어도/~은 살아 있다/그 자리 그대로'라는 각 연의
형태가 반복적으로 전개되고 있다. 이런 반복적인 전개 형태는
살아 있음에 대한 강렬한 강조, 부정할 수 없는 특별한 인상, 반
복적 시어 활용으로 음악적 효과 등을 얻고 있는데 황룡사의 모
든 것이 지금도 그 자리에 그대로 살아 있다는 것을 강조하고 있

음을 알 수 있다.

3. 신라 역사 '마음'으로 풀어 보기

『신라의 마술 피리』에는 '마음'이라는 시어가 자주 등장한다. 정갑숙 시인이 이번 동시집에 의도적으로 배치한 핵심적인 단어이다. 사전적으로 '마음'은 사람의 감정, 생각, 기억 따위가 생겨 자리 잡는, 사람의 가슴속에 있다고 믿어지는 공간으로 풀이되어 있다. 이 작품집에 보이는 '마음'은 신라 역사 속의 문화유산에 깃들어 있는 신라인의 진심이나 순수성, 예술성을 표현하기 위해 정갑숙 시인이 끌어온 독특한 시어라고 할 수 있다.

그렇다면 정갑숙 시인은 '마음'을 역사적으로 어떻게 접근하고 있으며 신라나 경주에 들어 있는 '마음'은 무엇이라고 하였을까. 그가 제8동시집에서 제시한 '마음'은 '부처 마음'을 비롯하여 '진흥왕 마음, 문무대왕 마음, 통일신라 마음, 하늘 마음, 중생 마음, 석공의 마음, 우리들 마음'등 상당히 많다. 첫째는 어린이처럼 순수하고 때 묻지 않는 순결성, 둘째 성실한 자세나 태도를 가진 인간성, 셋째 부모님을 진심을 다해 봉양하는 효도와 나라를 위해 목숨을 바치는 진정한 충성 등으로 풀이할 수 있다. '마음'과 관련된 작품으로는 「진흥왕의 발자국」, 「황룡사 목탑 1」, 「그림 속 소나무」, 「신라의 마술 피리」, 「다보탑 암호」, 「감실할매부처와 만파식적」, 「신라 석공 2」 등이 있다.

통일신라 마음은
연꽃같이 맑갛다

월지 입수구 돌수조에
새겨 놓은 연꽃 봐!

맑은 그 마음 천 년을 시들지 않고
월지 돌수조에 아직도 피어 있다.

통일신라 마음은
달같이 환하다

전쟁 무기 녹여 녹여
성덕대왕신종 만든 것 봐!

환한 그 마음 천 년을 죽지 않고
성덕대왕신종 안에 아직도 살아 있다.

ー「통일신라 마음」 전문

「통일신라 마음」은 월지의 돌수조에 핀 연꽃 같은 깨끗한 마음과
무기를 녹여 만든 성덕대왕신종 속에 깃든 달같이 환한 마음이 통일
신라의 마음이며 그것은 오늘날에도 살아 있음을 강조한 작품이다.
　작품 제목으로 쓰인 통일신라 마음은 사실 상당히 어려운 추상
적인 개념이라고 할 수 있다. 그런데 정갑숙 시인은 통일신라 마음

을, 과감하게 그리고 막힘이 없이 월지의 돌수조 핀 연꽃, 무기를
녹여 만든 성덕대왕신종에서 찾고 있다. 바로 맑은 마음과 환한 마
음이라는 것이다. 맑은 마음은 욕심이 없고 헛된 생각이 없는 깨끗
한 마음, 청정무구한 상태의 순수한 마음을 말하고, 환한 마음은
어두운 그림자가 없이 빛나는 마음을 말한다. 통일신라 마음은 그
맑은 마음과 그 환한 마음이 함께 가득 찬 마음인 것이다. 그 통일
신라 마음이 "천 년을 시들지 않고/월지 돌수조에 아직도 피어 있"
고, "천 년을 죽지 않고/아직도 살아 있다"는 것이다.

얼마나 마음 밝아야
바위 안 부처 찾을까

파란 하늘처럼 구름 없이 마음 환해야
바위 안 부처 보일까

얼마나 마음 맑아야
바위 안 부처 찾을까

샘물처럼 티 없이 마음 맑아야
바위 안 부처 보일까

캄캄한 바위 안 부처 찾은 신라 석공
그가 바로 부처였을까.

—「신라 석공 3」 전문

「신라 석공 3」은 커다란 바위를 쪼아 부처를 조각하는 신라 석공의 간절한 마음을 가늠해 보는 작품으로 전체 5연 중 시어 '마음'이 무려 네 번이나 쓰이고, 각 연마다 의문형으로 끝맺고 있다. 이 동시는 경주 남산 거대한 바위에 돌부처님을 새기려는 신라 석공의 마음을 깊게 헤아려보는 작품이라고 할 수 있다.

경주 남산은 신라 천 년의 역사를 통해 가장 신성시되던 곳으로 불교 유적이 집중적으로 분포되어 있는 야외 박물관이자 신라 문화의 집결체라고 한다. 그렇다면 남산 바위 앞에 서서 뛰어난 돌부처님을 조각하려는 신라 석공의 마음 자세는 과연 어떤 것이었을까. 신라 석공은 부처님에 대한 경건한 마음뿐만 아니라 앞의 「통일신라 마음」에서도 강조한 '환한 마음', '맑은 마음'과 그리고 '밝은 마음'을 가지고 있었다는 것이다. 밝은 마음은 그늘이 없고, 구름 한 점 없는 낮과 같은 마음을 말한다. 이 작품에서 석공이 바위에 부처님을 새기는 일, 즉 조각하는 일을 '컴컴한 바위 안 부처 찾'는 일이라고 하면서 결국 신라 석공이 '그가 바로 부처'라고 의문형으로 넌지시 결말을 맺고 있다.

월지 속에 녹아 있다
바다같이 깊고 깊은
문무대왕 그 마음

고구려 백제 신라
삼국은 이제 하나

우리 통일신라 힘찬 기운
동해 바다로 뻗어 가자

삼국은 작은 연못
우리 통일신라는 큰 바다

세계 바다로 뻗어 가자
우리 통일신라 힘찬 기운

통일신라 월지 보며
문무대왕 마음 본다

동해같이
넓고 깊은 그 마음.

—「바다가 된 사람」 전문

　　「바다가 된 사람」은 삼국통일의 대업을 이룬 문무대왕의 깊은 마음을 헤아려 보는 작품이다. 『삼국사기』에는 문무왕의 용모가 영준하며 뛰어났고, 총명하며 지략이 많았다라고 기록되어 있고, 문무왕릉비에도 문무왕은 생각이 깊고 풍모가 뛰어나고, 도량은 바다와 같으며 위엄은 우레와 같았다고 기술되어 있다.

　　우선 '문무대왕 그 마음'을 통일신라의 월지에서 찾고 있다. 월지를 보면 '바다같이 깊고 깊은' 문무대왕 마음을 알 수 있다는 것이다. 바다같이 깊고 깊은 마음이란 문무대왕의 인물 됨됨이를 말하는 것으로 『삼국사기』나 문무왕릉비의 기록에 언급되어 있는 것과 동일한 그 마음인 것이다. 이제 고구려 백제 신라 삼국이 통일을 이루었으니 "우리 통일신라 힘찬 기운/동해 바다로 뻗어 가자"고 외치고 있다. 그리하여 "세계 바다로 뻗어 가자/우리 통일신라 힘찬 기운"이라고 희망을 던지고 있다. 결국 '문무대왕 그 마음'은 월지에서 본 "동해같이/넓고 깊은 그 마음"이라고 풀이하고 있다. 이 작품은 다음 글에서 다룰 삼국통일의 깊은 의미까지를 포함하고 있다고 할 수 있다.

4. 삼국통일의 깊은 의미 파악하기

『신라의 마술 피리』에서 노래한 고구려, 백제, 신라의 삼국통일은 삼국의 평화 공존 의식, 정신적 화합, 삼국의 문화 통합 등 깊은 의미를 포함하고 있음을 보여주고 있다. 정갑숙 시인은 신라의 삼국통일을 신라 쪽의 눈으로 보지 않고 삼국통일의 대업은 신라의 군사적 작전, 외교적 노력 등보다는 고구려 백성, 백제 백성, 신라 백성들의 정신적 화합, 평화 지향의 의식이 초석이 되어 완성하였다고 새롭게 보고 있다. 이 작품집에서 삼국통일의 깊은 의미를 새겨보는 작품으로는 「황룡사 목탑 2」, 「불국사 석조」, 「석굴암 속에」, 「석굴암 천개석 암호」, 「정다운 월지」, 「바다가 된 사람」 등이 있다.

　황룡사 목탑은
　신라 백제 통일의 탑

백제 장인 아비지가
신라 사찰 황룡사에 평화의 탑을 세웠다

신라 백제 치열하게 전쟁하던 때
백제 장인 아비지는 전쟁하는 대신
적국 황룡사에 평화의 탑 세워서 신라 백제 통일했다

김유신 장군 삼국통일보다 더 먼저
신라 백제 이국 통일.

—「황룡사 목탑 2」 전문

「황룡사 목탑 2」는 황룡사 목탑을 세운 백제 장인 아비지에 의해
백제와 신라의 문화 통합으로 삼국통일보다 더 먼저 이국 통일을
이루었음을 노래한 작품이다. 『삼국유사』에 등장하는 아비지는 황
룡사 구층 목탑을 설계한 백제의 장인으로 처음엔 황룡사 목탑의
건립목적이 신라의 호국신앙에서 비롯된 사실을 모르고 참여하였
으나 백제의 운이 다했음을 깨닫고 그 탑을 완성하였으며, 20여 년
뒤에 백제는 멸망하고 만다.

정갑숙 시인은 첫째로 황룡사 목탑을 신라 백제 '통일의 탑'이라
고 이름 짓는다. "김유신 장군 삼국통일보다 더 먼저/신라 백제 이
국 통일"을 시켰다는 것이다. 둘째 황룡사 목탑을 신라 백제 '평화
의 탑'이라고 이름 짓는다. 황룡사 구층 목탑을 건립하던 당시는 3
연처럼 "신라 백제 치열하게 전쟁하던 때"였다. 백제 장인 아비지

는 백제의 불행한 미래를 예측하고는 "전쟁하는 대신/적국 황룡사에 평화의 탑을 세워서 신라 백제 통일했다"는 것이다. 이 작품을 통해 통일의 관점에서 백제 백성, 신라 백성들의 정신적 화합, 평화 지향의 의식을 강조하고 있음을 볼 수 있다.

> 통일신라 인공 연못
> 월지는 바다 같다
>
> 문무왕은 왜
> 연못을 바다처럼 만들었을까?
>
> 금관가야 대가야는 강물
> 신라는 바다
>
> 금관가야 강물 신라 바다로 흘러오고
> 대가야 강물 신라 바다로 흘러오고
>
> 백제와 고구려는 강물
> 통일신라는 바다
>
> 백제 강물 신라 바다로 흘러오고
> 고구려 강물 신라 바다로 흘러오고
>
> 강물이 바다로 합류하듯이

삼국이 통일신라로 합류한다

삼국은 강물
통일신라는 바다

강물이 바다로 흘러들 듯이
삼국이 통일신라로 흘러든다

그래서
문무대왕은 월지를
바다처럼 만들었을까.

—「월지의 비밀」 전문

「월지의 비밀」은 여러 가야를 흡수하고 고구려 백제를 통합하여 통일신라라는 하나의 큰 바다로 이룬 문무왕의 깊은 의지를 월지에서 찾아내고 있는 작품이다. 기록에 의하면 월지는 문무왕이 궁전 경주 월성의 동쪽에 만든 인공호수로, 죽어서 동해의 용왕이 되었다고 믿어진 문무왕이 만든 곳이라 그런지 용왕에게 제사를 올리는 용왕전이라는 건물도 있었다고 한다.

먼저 금관가야, 대가야 등 작은 강물이 신라 강물로 흘러들어 큰 신라 강물을 이루었고, 다시 고구려, 백제, 신라라는 작은 삼국 강물이 합쳐져 통일신라라는 큰 바다를 이루었다는 것이다. 그래서 "삼국은 강물/통일신라는 바다"라고 노래하였던 것이다. 여기까지 읽으면 단순하게 표피적으로 통일신라의 완성 과정을 이야기한 것으로 판단할 수 있다. 그러나 놀랍게도 정갑숙 시인은 문무왕의 삼국통일 위업 이면에는 인공호수 월지의 조성에 있다고 본다. 월지를 바다처럼 만든 결과가 바로 통일신라이며, 그런 깊은 비밀이 월지에 숨어 있다는 것이다. "바다로 흘러들고"나 "강물이 바다로 합류하듯이/삼국이 통일신라로 합류한다" 등처럼 자연스러운 통일 속에서 삼국의 문화 통합을 강조하면서도 문무왕의 월지 조성의 비밀도 재미있게 탐색한 작품이라 할 수 있다.

불국사에
삼국이 산다

불국사 석축에 장군총 돌 고구려 살고
불국사 석탑에 아사달 아사녀 백제 살고
불국사 석축에 자연돌 인공돌 신라 살고

삼국이 어깨동무
불국사는 평화나라.

―「불국사에」 부분

「불국사에」는 불국사에 숨겨져 있는 고구려, 백제, 신라 삼국의 혼들이 평화롭게 어깨동무하고 있는 모습을 그린 작품이다. 역사적으로 불국사 석축은 아래쪽 자연석 모양대로 윗돌과 기둥 밑면을 정밀하게 깎아서 톱니를 맞추듯 맞물려 놓는 방식인 그랭이질 기술이 사용되었는데, 그 시공 기술은 이미 고구려 장군총에 적용

되었고, 분황사탑 기단 설치 기술로도 사용되었으며, 불국사의 석축 하단부에도 응용됐다는 것이다. 또 불국사 석탑인 석가탑에는 석가탑을 세운 백제의 석공 아사달과, 그를 만나러 서라벌에 온 아내 아사녀가 남편을 만나 보지도 못한 한을 품은 채 연못에 몸을 던져야 했던 슬픈 전설이 서려 있다.

이렇게 불국사 석축에는 고구려 혼이 살아 있고, 불국사 석탑에는 백제의 전설이 살아 있고, 또 신라의 자연돌과 인공돌이 숨쉬고 있다는 것이다. 달리 말하면 고구려, 백제, 신라가 함께 살아가고 있는 성스러운 장소가 불국사란 말이다. 그러므로 3연처럼 저절로 "삼국이 어깨동무/불국사는 평화나라"라고 나올 수밖에 없다. 불국사는 평화 공존, 삼국의 정신적 화합, 삼국의 문화 통합 등의 의미를 가진 곳이라고 말할 수 있다.

5. 맑은 세상 여행하기

동시집 『신라의 마술 피리』는 정갑숙 시인의 새롭고 끝없는 신라 사랑법이 잘 드러난 작품집이다. 신라와의 끊임없는 역사 소통 대화하기, 신라 역사를 '마음'으로 풀어 보기, 삼국통일의 깊은 의미 파악하기 등 새로운 관점으로 접근하고 있음을 살펴보았다.

신라는 물의 나라
촌락마다 우물 있어

우물 맑아 사람 맑고

사람 맑아 세상 맑고.

─「나정과 알영정」 1연과 끝 연

「나정과 알영정」은 이 작품집에 실린 첫 동시로 필자가 가장 좋아하는 시구가 들어 있다. 바로 끝 연의 "우물 맑아 사람 맑고/사람 맑아 세상 맑고"이다. 맑은 우물→맑은 사람→맑은 세상이라고 순차적으로 제시하고 있다. 즉 신라의 촌락마다에 있는 맑은 우물을 확산, 점층적으로 강조하면서 결국에는 신라가 세운 세상, 신라의 문화유적, 나아가 신라의 역사까지 맑을 수밖에 없다는 사실을 은근히 내세우고 있다.

정갑숙 시인이 이 동시집을 통해 새롭게 해석한 경주 문화 유적지를 가족과 함께 배낭을 짊어지고 차근차근 여행하는 것도 의미 있는 일이라고 생각한다.

시 읽는 어린이